AF246022

POËME
HEROÏQUE,
AU ROY,

Par B. DE HAVTMONT.

A PARIS,

Chez **MARTIN JOUVENEL**, ruë vieille Bouclerie,
à l'enseigne de Saint Augustin.

M. DC. LXXXV.

AVEC PRIVILEGE DV ROY.

AU LECTEUR.

L'Autheur de ce Poëme, aprés avoir eu l'honneur de le lire deux fois au Roy, par l'ordre même de Sa Majesté le 22. Ianvier dernier, ayant esté sollicité par les premiers de la Cour de le donner au Public, n'a pû se dispenser d'obeïr à des ordres aussi pressans ; La double audiance, dont il a plû au Roy le favoriser dans un même jour, est une haute protection pour son Ouvrage, & il seroit difficile de pouvoir dire quelque chose de plus important & de plus glorieux à son avantage : Le Sonnet qui est à la teste ayant esté leu au Roy par l'Autheur le 8. de Septembre dernier, & ayant esté agreé, a donné lieu à la naissance du Poeme ; ainsi il a crû ne pouvoir les détacher l'un de l'autre, quoique le Sonnet ait déja esté imprimé, mais avec plusieurs fautes.

POUR LE ROY.

SONNET

Sur des Bouts rimez propofez à Paris.

SI jamais un Heros fut couronné de . . . . Gloire,
Si les fiecles jamais ont produit un grand . . . Roy,
Si jamais Conquerant fçeut bien donner la . . . . . Loy,
C'eft Loüis, *dont le bras gouverne la* . . . . . Victoire;

Qu'on ne nous vante plus la valeur & l' . . . . hiftoire
De tous ces Demi-Dieux dont la Grece fait . . . . . . foy,
La France triomphante, & l'Europe en . . . . . . effroy,
Et l'Afrique domptée effacent leur . . . . memoire:

Il n'a rien entrepris qu'il ne l'ait . . . . achevé,
Au faifte des Grandeurs luy feul s'eft . . . . élevé,
Tous fes pas ont marqué fon courage . . . . . intrepide;

Et l'on en voit beaucoup au rang des . . Immortels,
Au deffus de Cefar, même au deffus d' . . . . . . Alcide,
Qui bien moins que Loüis *meritent des* . . . Autels,

POËME HEROÏQUE.
AU ROY.

G RAND *Roy dont la bonté flatant mon esperăce*
Dans mon cœur étonné fit naître l'asseurance,
Lors que favorisé de ton auguste Aspect,
Surpris de ton éclat, & remply de respect,
J'osay, pour te donner des marques de mon zele,
Te presenter l'essay d'une Muse nouvelle,
Ce jour, cet heureux jour me vit comblé d'honneur,
Et c'est à ton grand Nom que je dois ce bon-heur.

Mais si d'un bout rimé la mesure forcée
A sceu, pour te loüer, renfermer ma pensée,
J'ose aujourd'huy grand Roy, plus libre en mon discours,
Abandonner ma Muse à son rapide cours,
Et traçant quelques traits de ta pompeuse Histoire,
Faire briller mes Vers de l'éclat de ta Gloire.

Muse n'invoque plus le secours d'Apollon,
Et laisse les neuf Sœurs dans le sacré Vallon,

A iij

Le plus grand des Heros, & le plus magnanime
Allume dans mon sein le beau feu qui m'anime,
Loüis dont la valeur remplit tout l'Univers,
Est mon Roy, mon Heros, & le Dieu de mes Vers.

   Mais je tremble & fremis, lors que je considere
Où m'emporte aujourd'huy mon ardeur temeraire,
Ie sens, malgrè l'effort d'un zele audacieux,
S'élever dans mon cœur un trouble imperieux,
Ta Grandeur m'ébloüit, ta Majesté m'étonne,
Mes sens sont interdis, & la voix m'abandonne,
Icy des plus sçavans le naufrage est fameux,
Ah ! s'il y faut perir, perissons avec eux ;
De l'Aurore au Couchant, du Midy jusqu'à l'Ourse,
Ie veux suivre Loüis triomphant en sa course,
Ie veux voir sous ses Loix tous les Climats heureux,
Et rendre de son Nom les peuples amoureux :
Mais il faut s'éloigner d'une route vulgaire,
Courons aprés Loüis en heureux temeraire,
On doit avec audace affronter les hazards,
En marchant aux costez d'un Alcide & d'un Mars :
On l'a vû, méprisant la fureur de ses ondes,
Faire trembler le Rhin dans ses Grottes profondes,
D'un pas superbe & fier ce Heros sur ses bords
Du Belge retranché renversa les efforts ;
Il a terrassé l'Aigle au milieu des Campagnes,
Et forcé le Lyon jusque dans ses Montagnes.

   Apres tous ces exploits en mille endroits divers,
Apres avoir soûmis le Rhin & les deux Mers,

Contemplons sa Grandeur sur ce fameux Rivage,
Affranchir les Chrétiens d'un honteux esclavage,
Et jusque dans Alger confondre la fierté
Du farouche Africain jusqu'à lors indompté,
Dont l'orgueil abatu sous ses fortes murailles,
Expire dans les feux parmy ses funerailles :
Le Chrétien gemissant dans ses cachots affreux;
Vit briller son espoir au travers de ces feux,
Son Ame en ce moment sensible à l'esperance,
Crut que les Cieux armez s'ouvroient pour sa vengeance,
Et ce fut un prodige à ses yeux éblouïs
De voir un bras divin dans le bras de LOÜIS:
    Cet orage éclatant, ce menaçant tonnerre
Epouvente en grondant le reste de la Terre,
De la Mer ébranlée on voit gemir les flots,
On tremble dans Byzance, on tremble chez les Gots,
Et de ces hauts progrés les Alpes étonnées
En répandent l'effroy jusques aux Pyrenées :
    Au bruit de ces exploits on voit les Nations
Armer & réunir toutes leurs Legions;
Mais LOÜIS emporté de victoire en victoire,
Tonne, éclate, foudroye, & se couvre de gloire;
Le Batave est soûmis, le Germain est dompté,
Et l'Ibere aux abois sent mourir sa fierté;
Contre ce Heros seul toute l'Europe en guerre
Tremble, & son Nom vainqueur vole au bout de la terre,
Nous le voyons suivy de ses braves Guerriers,
Moissonner en courant des forests de Lauriers,

Et plein d'une valeur en miracles feconde,
Loüis victorieux marche en Maître du Monde,
Aux peuples les plus fiers il impofe des Loix,
Et fon éclat ternit l'éclat de tous les Rois.

   Ah ! refpirons un peu, Mufe il faut prendre haleine,
Suivons un feu plus doux qui m'échauffe & m'entraîne,
Admirons ce Heros fi fier dans les combats,
Et la foudre à la main calmer tous les Etats ;
Au moment que tout cede à la fureur des armes,
Loüis d'un feul regard fait ceffer les allarmes ;
Il fixe en un inftant les changemens divers,
Il balance à fon gré le fort de l'Univers,
Et d'un bras tout puiffant fur la Terre & fur l'Onde,
Il redonne le calme & le bon-heur au Monde :
On voit de toutes parts les timides Mortels
Encenfer à l'envy fes fuperbes Autels,
Ces Peuples reculez, où le jour prend fa fource,
Ceux que le Soleil brûle au milieu de fa courfe ;
L'Indien le revere, à fes pieds l'Africain
Tombe plein de refpect & l'Encens à la main ;
Les rives du Volga, du Danube & du Tage,
Aux rives de la Seine apportent leur hommage,
Et la Sambre, & la Meufe, & l'Efcaut, & le Rhin
Coulent deffous les loix de nôtre Souverain ;
Ainfi nôtre Heros eft par toute la Terre
Plus aimé que les Dieux, plus craint que le Tonnerre.

   Mais aprés avoir veu triompher fon grand Cœur,
Et les Peuples vaincus adorer ce Vainqueur,
Contemplons

Contemplons dans la paix ce superbe Courage
Elever à sa gloire ouvrage sur ouvrage,
Si le bras de LOUIS n'abat plus d'ennemis,
Il renverse les Monts nous les voyons soûmis,
Il dompte leur orgueil, & la fertile plaine
Dans leur abaissement sent croître son domaine,
Et l'on voit tout autour les côtaux, les vallons
Enrichis du débris de ces superbes Monts ;
De la Nature mesme il force les obstacles,
Et par tout sa Grandeur enfante des miracles,
Dans le sein de la France il unit les deux Mers,
Et le commerce ouvert enrichit l'Univers :
Il commande à la Seine errante & vagabonde
De suspendre son cours & d'élever son Onde,
Et ses flots à l'instant s'élancent sur les Monts,
Et courent à Versailles arroser les Vallons ;
On les voit à l'envy roulant depuis leur source,
S'empresser à quitter & leur lit & leur course,
Pour porter à LOUIS, par des soins assidus,
Plûtost qu'à l'Ocean, leurs humides tributs,
C'est là qu'on les éleve en sources jallissantes,
Qui rendent du Soleil les ardeurs moins brûlantes,
Et que par des ressorts aussi nouveaux que grands,
On voit parmy les airs promener les Torrens ;
Là sur l'émail des fleurs cent brillantes Nayades
Viennent méler leur voix au doux bruit des Cascades,
S'empressant à l'envy dans ce charmant sejour
A qui fera le mieux son devoir & sa Cour.

B

Mais lors que dans ces Lieux & l'Art & la Nature
M'offrent les traits heureux d'une riche peinture,
Et que m'abandonnant aux douceurs de la paix,
Ie veux en étaler la pompe & les attraits ;
Quel horreur ! Quel fracas ! on court, on vole aux armes,
Le Danube étonné fremit à ces allarmes,
Et croit voir sur ces bords fondre de toutes parts
De nouveaux Empereurs & de nouveaux Cesars ;
Mais LOUIS n'y veut pas faire tomber l'orage,
Des Peuples cantonnez sur un Rocher sauvage
Attirent son couroux & ses fiers Etendars,
Et c'est vers Luxembourg qu'on voit marcher ce Mars ;
Le voila triomphant dans cette vaste plaine,
Où borna son essor jadis l'Aigle Romaine,
Et ce Fort découvrant ses drapeaux glorieux,
Tremble sur son Rocher qui menace les Cieux ;
LOUIS dont la valeur cherche une autre Carriere,
Refuse à ces Ramparts sa Presence guerriere,
Mais si pour leur secours l'Empire avoit branlé,
Ah ! c'est là que LOUIS plein d'audace eut volé ;
Son grand Cœur s'en flatoit, mais sa démarche étonne
L'Ibere & le Germain ; Nassau mesme en personne
Ne donne à Luxembourg dans ses malheurs pressans
Que de foibles regrets & des vœux impuissans ;
Ce Rocher orgueilleux a beau lever la Teste,
Et se croire au dessus des coups de la tempeste,
LOUIS parle, il suffit ; mille boüillans guerriers
Dans le feu des assauts vont chercher des Lauriers ,

Déja de toutes parts on voit partir la foudre
Qui tombe sur ces Murs & les reduit en poudre,
Et ces Ramparts fumans aux yeux de l'Univers
Font trembler en tombant mille peuples divers,
Leur débris étonnant dans leur chute nous marque
Que tout cede & fait joug à ce puissant Monarque
Qui d'une mesme main frape tout à la fois
De cent foudres d'Airain le superbe Gennois,
Ces Peuples insolens qui n'osent se défendre,
Renferment leur orgueil sous leurs Palais en cendre,
Et leurs Murs desolez montrent avec horreur
A leurs voisins tremblans leur éclatant malheur.

Laissons-là desormais les assauts, les batailles,
Reconduisons LOUIS triomphant dans Versailles,
L'Univers est en paix, les peuples sont soûmis,
La France est adorée & n'a plus d'ennemis:

Changeons donc de peinceau, quittons cet air farouche,
Il en faut un charmant qui surprenne & qui touche,
Pour peindre ce Heros & son Palais pompeux
Des plus sçavantes mains il faut les traits fameux:

Dans ce vaste Palais d'immortelle structure,
L'Art par tout triomphant étonne la Nature,
Qui prodigue en ce Lieu tous ses tresors divers,
Et soûmet à LOUIS l'Orgueil de l'Univers,
On diroit qu'epuisée en ses sources fecondes,
Elle étale à ses yeux les métaux des deux Mondes,
On y voit les tributs du riche Americain,
De l'Indien superbe, & du noir Africain;

B ij

La pierre, est le Porphyre & le Jaspe, & l'Agatte,
Ou du fameux Sculpteur la main sçavante éclatte,
Les Meubles somptueux, les peintures & l'Or,
De chaque Appartement font un riche tresor,
Et de quelque splendeur dont éclatte l'Aurore,
Le Palais de LOUIS est plus brillant encore:
La foule des Heros, comme autant de Cesars,
Suit en tous lieux les pas de nôtre Auguste Mars,
Tous les vœux sont pour luy. tout s'efforce à luy plaire,
On cherit ses faveurs, & l'on craint sa colere:
　　Le Soleil se hatant de revoir ce Climat,
Semble d'un nouveau feu rehausser son éclat,
Il contemple en son cours ce Heros qu'on admire,
Il voudroit n'éclairer que son heureux Empire,
Et voir ses feux naissans, & ses feux affoiblis,
S'allumer & s'esteindre au Royaume des Lys:
Tous les peuples enfin viennent pour le connaître,
Tous en voyant LOUIS reconnoissent leur Maître,
Et son Cœur genereux, par un tendre retour,
Donne aux peuples divers ses soins & son amour.
　　Ainsi comblé d'honneurs, du milieu de ta France,
Reglant tout l'Univers, tu le tiens en balance,
Grand ROY, tu vois par tout tes ordres absolus,
Tu fixes les Destins les plus irresolus,
Et plein de ta Grandeur dans une paix profonde,
Tu verses tes bienfaits sur le reste du Monde:
Sous ton autorité l'on voit de toutes parts,
Les Loix prendre vigueur & refleurir les Arts,

Tu rappelles la Paix cette Illustre bannie
Avec tous ses attraits & sa pompe infinie,
La Discorde en gemit captive dans tes fers,
Et n'ose plus troubler le paisible Univers :
Les peuples qui trembloient sous ton bras heroïque,
Adorent aujourd'huy ta Grandeur pacifique,
Tu faisois tout fléchir sous tes drapeaux vainqueurs,
Et l'Olive à la main tu charmes tous les Cœurs :
Aux concerts effrayans des tambours, des trompettes,
Succedent les doux sons des flûtes, des musettes,
Les Bergers réjoüis au milieu des troupeaux,
Sautent parmy les champs au son des chalumeaux,
Et l'on n'en trouve point qui dans leurs jours de festes
De Myrtes amoureux ne couronnent leurs testes ;
Le Laboureur tranquile à l'ombre des forests,
Contemple avidement ses fertiles guerets,
Il voit sur le Midy descendre en la campagne,
Son troupeau qui tantost paissoit sur la montagne,
Et ses bleds encor verds, ses agneaux bondissans,
Nourrissent son espoir & flattent ses vieux ans ;
Tout produit en son cœur la joye & l'allegresse,
Il ressent de Louis *la main qui le caresse,*
Et l'Arbitre absolu des Princes & des Rois
A faire des heureux borne tous ses exploits.

  Voila, Grand Roy, *voila ces tranquiles journées,*
Que nous avoient promis tes hautes destinées,
Tu combles nos desirs, tu remplis nos souhaits,
Tes peuples sont heureux, & tes vœux satisfaits.

Muse r'anime toy, de si hautes merveilles
Meritent tes transports, redouble icy tes veilles,
Il faut encor donner à la posterité
Le portrait du Heros que tes vers ont chanté;
*   Mais qui peindra cette Ame auguste, inébranlable,*
Sous le poids des Grandeurs active, infatigable ?
Ce Cœur fier, genereux, ou regne l'Equité,
Si juste dans son choix, si grand en fermeté,
Doux, pieux, liberal, en tout temps accessible,
En bonté sans égal, en valeur invincible,
Cherissant le merite, aimant la verité,
Punissant l'injustice avec severité ?
Sa clemence en tous lieux & fait grace & pardonne,
Mais lors qu'on en abuse il n'épargne personne,
Et le vice confus sous ses Loix abatu,
Fait trembler l'injustice & regner la Vertu:
Sur son auguste Front brillent toutes les marques
Du plus grand des Heros, du plus gräd des Monarques,
De ses Yeux pleins de feu les traits sont menaçans,
Mais quand il veut charmer leurs traits sont ravissans,
Plus d'un cœur orgueilleux soûmis à sa victoire,
Marque de ce Heros le triomphe & la gloire,
Et ce partage heureux de douceur, de fierté,
Le rend charmant à tous, & de tous redouté:
La pompe qui le suit, l'éclat qui l'environne,
Et toute sa Grandeur se doit à sa personne,
Loüis le Sceptre en main sur son Thrône adoré,
Hors de ce rang pompeux n'est pas moins admiré,

Et le riche brillant que sa vertu luy donne,
Jette encor plus d'éclat que ne fait sa Couronne ;
Ainsi de ses pareils nés pour donner la Loy,
On ne voit que luy seul & grand Homme & grãd Roy :
Pour le bien peindre enfin où sont les traits fidelles ?
Son Lustre fait pâlir les couleurs les plus belles,
Et ses faits inoüis aussi bien qu'immortels,
Meritent sur l'Airain des titres eternels.

GRAND ROY voy tes François zelez pour ta memoire,
Dresser des monumens immortels à ta Gloire,
Tout parle de ton Nom, tout vante tes Exploits,
Et pour chanter LOÜIS, tout cherche de la voix ;
Le Marbre enorgueilly sous ta belle Figure,
De l'outrage des temps semble braver l'injure,
Et le Bronze tout fier d'exprimer ta Grandeur,
Soûtient avec orgueil ton auguste splendeur :
Pour consacrer ton Nom, tes Faits, & tes merveilles,
Le siecle liberal te produit des Corneilles,
Vn Racine, un Boisleau, qui dans leurs doctes sons
Tracent à nos Nepveux d'immortelles leçons ;

Ah ! si ma Muse encore & jeune & temeraire
Oze icy sur leurs pas chercher dequoy te plaire,
Si poussé d'un beau feu, novice en ce métier,
Je bronche quelquefois marchant dans leur sentier ;
Fais moy grace Grand Roy, pardonne à mon audace,
L'on fait plus d'un faux pas en montant au Parnasse ;
Soûtiens-moy, j'oseray d'un vol ambitieux,
Chercher pour te loüer le langage des Dieux.

F I N.